PIADAS DE SACANEAR PALMEIRENSE

(Para alegria de corintiano)

PIADAS DE SACANEAR PALMEIRENSE

(para alegria de corintiano)

Recontadas por Luís Pimentel
Ilustradas por Amorim

Copyright 2008 © Luís Pimentel

RECONTADAS POR
Luís Pimentel

ILUSTRAÇÕES
Amorim

REVISÃO
Graça Ramos

Coleção Piadas de Sacanear
Marca Registrada por Myrrha Comunicação Ltda.

CIP-BRASIL. CATALOGAÇÃO-NA-FONTE
SINDICATO NACIONAL DOS EDITORES DE LIVROS, RJ

P699p
Pimentel, Luís, 1953-
Piadas de sacanear palmeirense : (para alegria de corintiano) / recontadas por Luís Pimentel ; ilustradas por Amorim. - Rio de Janeiro : Mauad X, 2007.
il. -(Piadas de sacanear)
ISBN 978-85-7478-245-4
1. Sociedade Esportiva Palmeiras - Anedotas. 2. Futebol - Anedotas. 3. Humorismo brasileiro. I. Amorim (Ilustrador). II. Título. III. Série.

07-4185.   CDD: 869.97
           CDU: 821.134.3(81)-7

06.11.07   06.11.07   004179

Todos os direitos reservados.

A reprodução não autorizada por escrito, no todo ou em parte,

por quaisquer que sejam os meios, constitui violação das leis em vigor.

Myrrha Comunicação	**Mauad Editora**
Av. Marechal Câmara, 160/401	Rua Joaquim Silva, 98 – 5º Andar
CEP: 20020-080 – Castelo	CEP: 20241-110 – Lapa
Rio de Janeiro/RJ	Rio de Janeiro/RJ
021 – 2220.4609	021 – 3479.7422
myrrhacomunicacao@gmail.com	**mauad@mauad.com.br**

FILHOTE DE PORCO

Garoto palmeirense típico, inteligência modelo, foi ver o treino do timinho dele, no Parque Antártica.

No final, se aproximou dos ídolos, em busca dos indispensáveis jamegões dos craques.

– Me dá um autógrafo! – pediu ao primeiro que passou em sua frente, um famoso beque de contenção (de encostas).

– Pois não. Me dê um papel – disse o jogador.

– Não tenho. Dá aqui mesmo, nesse papel de pão.

O becão estranhou:

– Nesse papel? Todo sujo?!

O molequinho, mostrando que não nega a raça:

– Faz mal não. Quando chegar em casa, eu passo a limpo.

TÁ LIMPO

A Polícia Militar de São Paulo invadiu o Parque Antártica, durante treino do Verdão.
Após a batida policial, o comandante falou à imprensa:
– Realmente, foi encontrada muita droga, mas não encontramos craque!

QUE PALMEIRAS, QUE NADA!

Palmeirense típico, com um pé na Itália e outro na Bela Vista, se preparava para ir ao jogo quando a mulher, Carmélia, começa a encrencar:

— Não saias de casa, Genaro. Preciso que me ajudes a arrumar umas coisas.

— Estás louca? Vou ao Parque Antártica, ver o Palmeiras!

— Não vais!

— Vou! Já marquei com a italianada toda.

Vou não vais, vou não vais e, depois de meia hora de discussão, Genero perde a paciência e resolve dar umas palmadas corretivas na Carmélia.

Pega a sandália e coloca a mulher sobre as pernas, de bunda para cima. Como toda legítima italiana, Carmélia tinha um traseiro espetacular.

Genaro olha bem para aquele patrimônio palmeirense e, antes da primeira palmada, pensa melhor e reconsidera:

— Que Palmeiras, que nada!...

A ESTÁTUA

Um sujeito está passeando pelo cais do porto. Num antiquário, ele vê uma estátua de um rato em bronze em tamanho natural. A estátua é realmente muito bonita e o sujeito resolve comprá-la.

– Quanto é? - pergunta ele ao vendedor.

– 12 dólares pela estátua, e 1000 dólares pela história dela - responde o vendedor.

– Vou levar só a estátua – diz o sujeito, mas não quero essa história absurdamente cara.

Sai da loja com a estátua do rato debaixo do braço. Ao atravessar a rua, dois ratos saem de uma boca-de-lobo e o seguem. Mais adiante, saem mais ratos de outras bocas-de-lobo e de bueiros que vão se juntando e formando uma multidão.

Ao olhar para trás, o sujeito se desespera e começa a correr. Nesse momento, todos os ratos que o seguiam correm atrás dele.

Então desesperado, ele vai até a ponta do cais e

arremessa a estátua com toda a força possível, fazendo-a cair bem distante mar adentro. E então todos os ratos pulam para dentro do mar e acabam morrendo afogados.

Ainda tremendo com o susto, ele volta para a loja.

– Ah! O senhor veio para comprar a história – diz o vendedor.

– Não! – diz o comprador. – Eu queria saber é se o senhor tem uma estátua de um palmeirense?

ANIMAIS

– Por que quando um palmeirense entra em um lugar público todos olham pra ele?

– Porque todos pensam: "Quem é esse palmeirense? E o que ele está fazendo na rua sem coleira?!"

Ou:

– Porque todos pensam: "Quem é esse palmeirense? E cadê o dono dele? Por acaso não sabe que hoje não se pode mais ter porcos fora da pocilga?!"

MEDIDAS

Um corintiano, um são-paulino e um palmeirense eram prisioneiros de uma tribo indígena quando, num arroubo de generosidade, o cacique resolveu libertá-los desde que cumprissem um inusitado quesito: o tamanho dos membros dos três, somados, deveria ter no mínimo 50 centímetros.

Apreensivo, o corintiano, arrancou o seu patrimônio enorme para fora: 27 cm. Em seguida, o são-paulino mostrou o seu instrumento de prazer: 21 cm. Ufa! 48 cm no total e ainda faltava o palmeirense.

Quando chegou a vez desse último, ele tirou o seu toquinho para fora e... exatos 2 cm. Então, eles foram libertados e cada um foi para a sua casa.

Muitos anos depois, se encontram num bar e comentam o fato ocorrido naquele dia.

– Se não fossem os meus 21 centímetros, a gente estava preso até hoje – comenta o são-paulino, vangloriando-se do tamanho de sua ferramenta.

– Tá louco? – revida o corintiano. – Eu tive 27 cm! Se num fossem os meus 27 cm, a gente ainda estava lá.

Então o palmeirense vira-se e diz:

– Ah! Se o meu não estivesse duro naquele dia...

Ó, COITADA!

Torcedora do Palmeiras se casa com um corintiano, bom de cama e avantajado. Um mês depois de casada, vai se queixar com o pai:

– O negócio dele é muito grande, pai. Não estou agüentando. Dói muito.

– Quem mandou você se casar com um corintiano? – pergunta o pai. – Agora, você vai ter que se virar.

E a inocente:

– Já me virei, pai. Dói mais ainda.

CUSPE NELES!

— Sabe por que não deu certo fazer selo com o rosto dos jogadores do Palmeiras?
— Porque os corintianos cuspiam do lado errado.

AGORA E NA HORA

Havia numa cidadezinha do interior paulista um sujeito que era corintiano de verdade. Diziam que, no mundo inteiro, não havia ninguém mais corinthiano do que ele.

O homem envelheceu e ficou muito doente. Estava nas últimas. Somente mais alguns dias de vida. Mandou chamar o filho mais velho e falou:

– Filho, vá até o Parque Antártica para mim. Tire uma carteirinha de sócio do Palmeiras para o seu velho pai e compre uma camisa do Verdão.

O rapaz não entendeu nada, mas foi assim mesmo. Pedido de pai é sagrado.

Voltou para casa com a carteirinha e a camisa.

Quando o velho viu, deu aquele sorriso. Tirou a camisa do Timão, vestiu imediatamente a camisa do Palmeiras e agarrou a carteirinha junto ao peito.

O filho, achando que o pai estava pirando, não resistiu:

— Mas pai... o senhor toda a vida foi corintiano. Me ensinou a ser corintiano. Jamais eu conheci outro torcedor do Corinthians como o senhor. Por que agora, no fim da vida, resolveu mudar de time?"

E o pai, nas últimas:

— É que eu quero que morra mais um palmeirense!

BOLA DIVIDIDA

RASPADINHA PORCA

— Já viu a raspadinha do Palmeiras?
— Não. Como é?
— Você compra e raspa. Se aparecer três tacinhas de campeão, vai na padaria mais próxima e troca por um sonho.

SOBROU PARA O SANTO

Logo depois de um jogo em que o Palmeiras saiu vencedor, três palmeirenses estão num bar comemorando, quando vêem lá do outro lado do salão um corintiano tomando sua cervejinha sossegado.

O primeiro palmeirense resolve tirar um sarro do adversário. Chega perto dele e, depois de dar aquela batidinha no ombro que os chatos adoram, diz:

– Sabia que, em estudos feitos ultimamente, descobriram que São Jorge era gay?

– Ah, é? Que interessante – responde o corintiano, imperturbável. – Eu não sabia.

– Decepcionado, o palmeirense volta aos seus colegas e conta:

– Incrível! Eu disse para aquele gavião ali que São Jorge era gay e ele nem se aborreceu.

– Você não sabe mexer com essa gente – diz o segundo palmeirense. – Presta atenção.

Chega perto do corintiano e bate no ombro dele:

– Você sabia que São Jorge, além de ser gay, se vestia de mulher?

— Não sabia — responde o outro. — Mas agradeço pela informação.

Puto da vida com a tranqüilidade do torcedor do Curingão (coisa de quem está sempre vencendo), o o palmeirense volta para os seus amigos. O terceiro diz que conhece um jeito de tirar o corintiano do sério. Vai até ele, bate no ombro e diz:

— Você sabia que São Jorge era palmeirense?

— Eu sei — responde o corintiano. — Seus amigos me contaram.*

* Essa piada é uma ficção, pois sabemos que palmeirenses, depois de jogos do Porco, não vão a bar coisa nenhuma. Voltam chorando pra casa....

TAL MÃE, TAL FILHO

— Sabe por que torcedor do Palmeiras não gosta de tomar banho?
— Para conservar o cheirinho da mamãe.

FAMÍLIA SUÍNA

Palmeirense chegou na pizzaria do Bixiga, depois da vitória do seu time, com três garotas, todas muito lindas.

Todo gabola, como qualquer porco quando ganha um joguinho, chamou o garçom, que era corintiano:

– Ei, baiano! Me vê aí uma coca-cola!

– Acostumado a aturar palmeirense chato, o garçom fez que não ouviu e apenas perguntou, referindo-se à coca-cola:

– É família?

E o esverdeado, grosso que só parede de igreja, pensando que o rapaz referia-se às suas acompanhantes (também palmeirenses, claro):

– Que nada! É tudo puta mesmo!

SENSIBILIDADE

Procurou o amigo palmeirense, para desabafar o seu problema existencial:

— Vou parar de beber!

— E por quê? – pergunta o amigo.

— Porque toda vez que bebo, eu vejo tudo dobrado.

E o palmeirense, inteligente e sensível como todo palmeirense:

— Bobagem. Não precisa parar de beber por causa disso. É só fechar um olho.

PROMOÇÃO

A diretoria do Palmeiras , vendo o público dos jogos do Verdão diminuir a cada rodada, resolveu fazer uma promoção e pôs uma placa no Parque Antártica, nos dias das partidas:

Quem for com a camisa do Palmeiras paga meia.

Quem for com a camisa e o short entra de graça.

Quem for com o uniforme completo joga no time.

RECORDE ABSOLUTO

– Qual é o maior estádio do mundo?
– É o Parque Antártica! O time de lá demorou 17 anos para dar uma volta olímpica.

CONSULTA RELÂMPAGO

Palmeirense no consultório médico:
– Doutor, eu tenho tendências suicidas. O que faço?
E o doutor, que conhecia bem a fama da torcida do Verdão:
– Em primeiro lugar, meu amigo, o senhor paga a conta...

PORCOS CASCATEIROS

Talvez vocês não saibam, mas além de violentos e pouco inteligentes, os palmeirenses têm fama também de gostar muito de uma mentira.

Contam que o filho do mentiroso encontrou o pai, numa roda de chope e pastéis no boteco dos amigos, mandando ver:

– Com um tiro só acertei trinta marrecos na beira do rio – esbanjava o carcamano.

O filho, também palmeirense e também mentiroso, resolveu ajudar:

– Trinta marrecos e um macaco, pai!

– Isso mesmo, meu filho! Um macaco que tinha descido da árvore para beber água!

Em casa, o moleque levou a maior bronca:

– Não se meta mais na minha conversa, rapazinho! Deu um trabalho danado botar o seu macaco no meio daquela marrecada toda!

HORA DO BANHO

— Sabe por que em jogos de domingo a torcida do Palmeiras chega sempre atrasada?
— Porque eles perdem tempo na fila dos postos de gasolina, que aos domingos dão uma lavagem de graça!

CARA DO PAI

O pai era italiano e palmeirense, mas o moleque ainda não tinha se decidido por nenhum clube.

Um dia chegou da escola desanimado, com um ar bem triste:

— O que aconteceu, meu filho? — perguntou o pai.

— Um garoto lá na escola disse que eu sou a sua cara, pai. E que vou acabar torcendo pelo Palmeiras também.

O pai ficou orgulhoso:

— Foi mesmo, meu filho? E você, disse o quê?

— Nada, pai. O garoto é bem mais forte que eu...

LIÇÃO

De um corintiano para um palmeirense, encerrando a discussão:
— Não adianta. Não vou discutir com você!
— Ah, é? E por que não?
— Porque o freguês tem sempre razão...

CUIDADOSO

Palmeirense fanático foi ver o jogo noturno pela televisão, na casa de um amigo que morava perto e torcia pelo mesmo time que ele.

Depois do jogo e da derrota, se preparava para ir embora, quando desabou o maior temporal.

– É melhor você dormir aqui – disse o amigo. – Vou arrumar o quarto de hóspedes.

Demorou um pouco e, ao voltar para a sala, encontrou o palmeirense fanático todo molhado.

O amigo quis saber o que aconteceu e ouviu a explicação:

– É que fui até em casa, apanhar o meu pijama!

NEM ASSIM

O técnico do Palmeiras, depois de tantas derrotas, estava desesperado. Então ele foi espionar o treino do Corinthians e viu que o time do Curingão treinava com bonecos.

O presidente do Palmeiras mandou que comprassem bonecos imediatamente para o treino e foi pra casa todo contente.

No dia seguinte, ele foi ao estádio e viu os jogadores todos chateados. E perguntou:

– O que foi?

Resposta dos craques:

– Não deu certo. O placar foi 2 a 0 para os bonecos.

O BODE E O PORCO

Um dia fizeram um concurso de torcidas no Pacaembu. E a primeira prova era "agüentar o cheiro do bode".

Arranjaram um bode desgraçado de fedorento e o trancaram no vestiário dos árbitros. Chamaram um torcedor de cada clube e deram inicio à prova: o primeiro a entrar no vestiário foi o são-paulino; agüentou vinte segundos e saiu correndo.

Depois, o corintiano; agüentou três minutos e saiu correndo.

A seguir, o santista; agüentou oito minutos e saiu correndo.

Aí, entrou o palmeirense.

O bode agüentou dois segundos e saiu correndo.

DESPACHANDO

Mulher do palmeirense chega em casa, feliz da vida:
— Querido, acertei na loteria! Pode fazer as malas — diz ela, que além de inteligente era corintiana.
O marido acha o máximo. E se empolga:
— Ótimo, querida! Vamos viajar? Ponho roupas de frio ou de calor?
E ela, definitiva:
— Ponha todas! Principalmente aquelas camisas ridículas do seu time! Você tem duas horas para sair da minha vida.

INVENÇÃO

Apesar da má fama, existe muito palmeirense inteligente. Inteligentíssimos. Alguns são até grandes inventores.

Dizem que um deles era tão genial, mas tão genial, que até ficou maluco. E que durante a visita do médico, deu-se o seguinte diálogo:

– Eu sou um inventor, doutor – disse o palmeirense.

– Muito bem – reagiu o médico. – E o que foi que o senhor inventou recentemente?

O gênio ajeitou a camisa do Verdão, beijou o escudo e disparou, orgulhoso:

– Um objeto fabuloso, doutor, que faz a gente olhar do outro lado da parede.

O médico fingiu embarcar na viagem:

– Genial! Genial! E como se chama esse objeto?

– Estou pensando em batizá-lo de janela...

SURPRESA

Duas mulheres de palmeirenses se encontram no supermercado. Uma está com o olho roxo.

– Querida, que horror! Quem foi que fez isto com você? – pergunta a outra.

– Meu marido – responde a machucada.

– Jura? Mas eu pensei que o seu marido estivesse viajando...

– Eu também, querida. Eu também...

BARBERIA PALMEIRENSE

Palmeirense em viagem, envergando a camisa do seu time, chega na pequena barbearia do interior para fazer a barba.

O barbeiro pega o pincel, cospe na cumbuca e começa a fazer espuma.

— Você cospe na cumbuca para fazer a espuma? — pergunta ele, enojado.

E o barbeiro, que era da mesma raça:

— Só pro senhor, que também é palmeirense que nem eu. Com os demais, eu cuspo é na cara mesmo!

SURPRESA DE CARCAMANO

Palmeirense, pão-duro como todos os carcamanos, entra numa importadora e compra uma caneta para a mulher, presente de aniversário de casamento.

— Faça um embrulho bem bonito.
— Vai fazer uma surpresa, doutor? – pergunta a balconista.
— E que surpresa, minha filha! Ela está esperando um automóvel.

BOLA DIVIDIDA

GALINÁCEAS

Dois palmeirenses, combinando a comemoração para depois do jogo noturno:
— Vamos ao jogo. Depois, vamos comemorar numa boate, cair na esbórnia.
E o outro:
— Ih, rapaz, não vai dar.
— E por que não?
— Porque durmo cedo. Ultimamente, eu durmo com as galinhas.
A pergunta de um palmeirense típico:
— E elas são boas de cama?

ESPERTEZA

A mulher do palmeirense desconfiava de que estava sendo traída.

Foi bisbilhotar a caderneta de telefone do maridão, para ver se encontrava os números das amantes.

Tudo em branco: nenhuma mulher na letra A, nem na B, nem na C. Mas a letra T estava lotada:

Telefone da Simone, Telefone da Carmita, Telefone da Rosinha...

FUMACÊ

Torcedor do Palmeiras visitando um museu, na França, ouve o guia turístico explicar:
— Aqui, neste caixão, encontram-se as cinzas de Napoleão Bonaparte.
— E o porco, curioso:
— Fumava muito ele, hein?

TRAIÇÃO

Sorte no jogo, azar no amor.

Depois de assistir à vitória do Porco (com a ajuda do juiz, claro), carcamano chega em casa e encontra a mulher na cama, justamente com o seu melhor amigo, que por acaso torcia pelo Corinthians.

Desesperado, começa a esbravejar:

– Vocês dois?!!! Não acredito! Sempre fui um marido fiel, Maria! E você, Antônio, para quem sempre fui um amigo tão leal?! Como é que vocês tiveram coragem de aprontar uma dessas comigo? Francamente, nunca esperei isso de vocês...

De repente, perde a esportiva:

– Vocês podem parar um pouquinho, pelo menos para ouvir o que estou falando?!

PASSO À FRENTE

— Quando tomei posse na presidência, este clube estava à beira do abismo — comentava com um assessor o presidente recém-eleito do Verdão, depois de uma eleição duvidosa.

Puxa-saco que só ele, o assessor (também guarda-costas, jagunço e segurança) não perdeu a oportunidade:

— É verdade, presidente. Mas, graças ao seu talento, o clube já conseguiu dar um passo à frente.

É TRÁGICO

Papo de bar:

— Sabe qual é a diferença entre catástrofe e tragédia?

— Não.

— Catástrofe é quando você põe um palmeirense no navio e esse navio afunda, bem no meio do oceano.

— Ah, é? E a tragédia?

— É quando o palmeirese sabe nadar e escapa são e salvo.

INTELIGÊNCIA RARA

— O quilo do arroz baixou, querido – diz a mulher do palmeirense, acabando de chegar do mercado.
E ele, admirado:
— Foi mesmo? E quantas gramas tem agora?

ESCOLHA

— Quer dizer que vários homens quiseram casar com você? — pergunta o palmeirense à mulher, em meio à discussão.

— Isso mesmo! — responde a mulher, provocadora. — Inclusive, um lindão que torcia pelo Corinthians.

— E por que você não casou com o primeiro idiota que apareceu? — pergunta ele, perdendo de vez a esportiva.

E a mulher, tranqüilamente:

— Foi o que eu fiz!

TREM BOM

— Como foi que você morreu? – pergunta São Pedro ao corintiano que acabara de chegar no céu.
— Por causa de um trem – responde o morto.
— Como assim? Descarrilamento?
E o corintiano, rindo bastante:
— Que nada, São Pedro. Eu estava com a mulher de um palmeirense, mas aí o maluco perdeu o trem...

SEM MISTURA

Encontrou o amigo na festa na Bela Vista, comemorando a vitória palmeirense, num porre terrível, tropeçando, dando cabeçada na parede, um horror.

Aproximou-se, tentando ajudar:

– Rapaz, o que você acha de tomar um táxi?

E o porco legítimo, inteligente como todos os outros:

– De jeito nenhum. Hoje eu não quero misturar mais nada.

A FUGA

Um grupo de anões palmeirenses resolve montar um time de futebol.

Alugam um campinho de várzea e vão pra lá, felizes da vida.

Lá chegando, os anões descobrem que não existe vestiário, e resolvem vestir o uniforme no banheiro do boteco lá perto. Todos entram e vão direto para o fundo do bar, onde fica o banheiro.

Chega um bêbado e pede uma garrafa de cachaça. Após alguns minutos, passam pelo bêbado os jogadores anões, vestidos com o uniforme branco do Palmeiras. O bêbado não entende nada, mas continua tomando sua pinguinha.

Em seguida, passam os anões de uniforme verde. Nessa hora o bebum resolve avisar o dono do boteco:

— Orra, meu! Fica ligado, que o jogo de totó está fugindo...

LADO B

Palmeirense almoçava no mesmo restaurante do Bixiga, há muitos anos.

Um dia resolveu atravessar a rua e almoçar no restaurante em frente. Questionado sobre a mudança, deu a seguinte explicação:

– Estou seguindo orientação do meu dentista, que me recomendou mastigar do outro lado.

CUSTO-BENEFÍCIO

Palmeirense, pão-duro que só ele, vai ao dentisa para extrair um dente. A primeira pergunta que faz, é quanto custa a extração.

— Duzentos reais – diz o dentista, que era corintiano.

— O que é isso? O senhor não leva nem cinco minutos para arrancar este dente.

— Se você fizer questão, posso arrancá-lo devagarinho...

ESSA, NÃO!

Três paulistas estão numa expedição à África. À determinada altura encontram um rio e, na sua margem, um velho feiticeiro nativo. Este último, ao ver os três viajantes, dirige-se-lhes:

– Eu sou o guardião do rio. Há 60 anos que espero aquele que o consiga atravessar, pois está escrito que àquele que ultrapassar os crocodilos que nele habitam será concedida a graça dos espíritos e o meu amuleto de ouro. Aceitam o desafio?

Os três paulistas decidem atravessar o rio. O primeiro, torcedor da Lusa, desembaraça-se da mochila e das botas, veste aquela coisa escrito "Salemco" e mergulha. Tudo parece correr bem até que atinge o meio do rio.

É então que surge um crocodilo que abocanha o homem; a luta é breve e os amigos assistem, horrorizados, à vitória do animal, que arrasta a sua presa para o fundo do rio.

O segundo, tricolor, vestindo uma camiseta escrito "100% Paraíba", já hesitante, entra devagar na água. É imediatamente capturado e desaparece no turbilhão das águas.

O terceiro, palmeirense, impassível, com gestos lentos perante o olhar curioso do velho feiticeiro, abre a mochila e retira uma camiseta onde está estampado "Porco campeão do mundo em 2008"! Veste-a e mergulha, efetuando ileso a travessia, num perfeito crawl.

Ao regressar à margem de onde havia partido, depara-se com a estupefação do feiticeiro.

– Como conseguiu? – foram as únicas palavras que conseguiu articular.

O homem sorriu e respondeu:

– Porco campeão do mundo em 2008? Nem um crocodilo engole essa!

PREVISÕES

O Palmeiras contratou um jogador colombiano que era meio índio, meio cigano, e que tinha uma incrível capacidade para adivinhar o tempo. Mesmo com um sol de rachar pela manhã, o colombiano dizia:

– À noite chove!

E à noite caía uma chuva torrencial.

O colombiano era impressionante, não errava uma previsão do tempo. Num dia chuvoso, o técnico (na época devia ser, mais uma vez, o Leão) estava para suspender o treino quando o colombiano advertiu:

– No meio da tarde o sol aparece!

E o sol apareceu como ele tinha previsto.

"Este colombiano é um fenômeno!", se maravilhavam dirigentes e torcedores. Ninguém mais no Parque Antártica botava o pé pra fora da concentração sem consultar o colombiano.

Num dia em que se faziam os preparativos para a partida do domingo seguinte, a diretoria palmeirense não sabia que precauções tomar.

— Não sabemos se vai chover! – disse o presidente.

— Isso não é problema! – disse o técnico. – O nosso bruxo colombiano prediz o tempo com uma exatidão assombrosa.

— Chamem o colombiano!

Chega o índio e o técnico pede:

— Conte ao presidente como vai estar o tempo amanhã.

O colombiano diz:

— Justo hoje, eu não posso saber...

— E por que não? – perguntam todos.

— Porque, justo hoje, quebrou o meu rádio de pilha.

MELHOR O CHORO

O bebê começa a chorar no meio da madrugada. Preocupado, para não acordar os vizinhos, o pai palmeirense pega o bebê no colo e começa a cantarolar para ele voltar a dormir.

Toca o telefone, a mulher atende e depois fala:

– Querido, os vizinhos pedem que você pare de cantar. Preferem o choro.

DR. SUÍNO

Médico obstetra contrata um palmeirense como assistente e o leva para atuar num parto, no primeiro dia de trabalho.

– Fiz tudo certo, doutor? – pergunta o porco ao mestre, ansiosíssimo.

– Quase tudo, meu filho. Só que as palmadinhas se dão no bumbum do bebê, e não no da mãe.

A DÚVIDA

Corintiano foi jantar na pizzaria do palmeirense:
– Me faz aí duas pizzas de muzzarela, freguês.
Uma com cebola e a outro sem.
A perguntinha do torcedor do Verdão:
– Qual das duas é sem cebola?

PRECISÃO

– Este esqueleto de dinossauro tem dois mil anos, três meses e sete dias – diz o palmeirense, que arrumou emprego como guia turístico no Museu Histórico.

– Como é que você sabe a idade do esqueleto, com tanta exatidão? – pergunta um visitante.

– Simples – diz ele. – Quando entrei na profissão, ele tinha dois mil anos. Como estou nisso há três meses e sete dias...

BOLA DIVIDIDA

DETETIVE VERDE

O detetive palmeirense marcou presença no local do crime:
— Alguma pista? Algum fio de cabelo?
— Nenhum fio de cabelo – responde o auxiliar.
E o suíno, muito experiente:
— Ótimo. Então vai até a esquina e prende um careca que está lá em pé.

AH, GAROTO!

Palmeirense veste a camisa do clube no filhinho e o leva ao dentista:

– Faz ahhhhhhh, faz, filhinho – diz o dentista. E o menino nem abre a boca. Mas ele insiste:

– Faz ahhhhhhh, seu infeliz!

O pai reage, imediatamente,

– Doutor, não grite assim com o meu filho!

E o dentista, desesperado:

– Ah, é?! Então vê se o senhor consegue fazer com que esse maluco pare de morder o meu dedo!

AGORA, SIM!

Único sobrevivente em um desastre aéreo na selva amazônica, torcedor do Palmeiras percorreu várias trilhas, até que se deparou com uma enorme tribo de canibais famintos à sua frente.

"Tô fodido!", pensou.

De repente, uma grande nuvem se abriu e uma voz paternal e poderosa ecoou:

– Não está fodido, filho! Olhe no chão, perto do seu pé. Há uma pedra. Pegue-a e atire na testa do chefe da tribo.

Dito e feito. Paulistano pegou a pedra e tascou na testa do feroz canibal.

Aí, a voz poderosa do céu completou:

– Agora, sim, palmeirense. Agora, você tá fodido!

CURTO E GROSSO

— O que o senhor acha da relação sexual antes do casamento? — pergunta o repórter.

E o palmeirense entrevistado:

— Bem, desde que não atrase a cerimônia...

BOM DE CERCA

Palmeirense tem em todo canto. Descobrimos dois, lá no interior de Minas. São vizinhos, um tem uma rocinha do lado do outro, e um dia estavam conversando:

— Pra que a cerca dessa altura, compadre? – perguntava

— Ah, compadre, é pra evitar que as girafas entrem na minha roça.

— Que é isso, homem? Eu nunca vi girafa por aqui.

— Claro. Com uma cerca dessa altura, elas são bobas?

ELEIÇÕES DIRETAS

Palmeirense chega no clube, dizendo que quer participar da chapa de diretoria que está sendo formada para as futuras eleições.

– Que cargo o senhor pretende ocupar? – perguntam a ele.

– Presidente do clube – responde.

– Presidente do Verdão? O senhor é maluco?

– Não. Eu nem sabia que precisava ser.

SANTO REMÉDIO

– Por que mulher de palmeirense não pega gripe?
– Porque está sempre com um xarope ao seu lado.

ESCOLHA

Palmeirense estava parado no semáforo, distraído. O sinal ficou verde, amarelo, vermelho e ele não saía do lugar. Todo mundo buzinando atrás e nada.

O guarda resolveu se aproximar:

– Ilustre palmeirense, por favor, decida-se. Só temos essas três cores para lhe oferecer.

QUARTA IDADE

Casal de velhinhos palmeirenses, trajando suas camisas verdes no banco da Praça Don Perrigone, na Bela Vista.

De repente, a velhinha vira um tapão na cara do velhinho e diz:

— Esse foi pelos cinqüenta anos de sexo ruim!

O velho fica pensativo e, de repente, sapeca um tabefe na cara da velhinha. E grita:

— E esse é por você saber a diferença!

Ô, CAVALO!

Palmeirense leva a mulher para conhecer a cidade histórica de Petrópolis, no Rio de Janeiro.

Lá, resolve passear naquelas carruagens históricas, todo gabola. De repente, o cavalo solta o maior pum!

A mulher do palmeirense, muito encabulada, vira-se para ele e fala:

– Eu sinto muito, querido.

E ele:

– Tem problema não, meu amor. Isso acontece. Eu até pensei que tivesse sido o cavalo!

POBRE GAMBÁ

O mesmo casal de palmeirenses resolve fazer uma viagem à Itália, para rever parentes.

Ela cismou de levar um gambá de estimação que criava.

— Não dá, meu amor, o pessoal do navio não vai deixar — disse ele.

A mulher insistiu.

O Genaro então falou:

— Está bem, esconde o gambá debaixo da saia.

E a carcamana:

— Mas... e o mau cheiro?

Diz o palmeirense:

— O mau cheiro? Ora, o gambá que se dane!

NO MUSEU

Dois amigos, torcedores do Palmeiras, vão visitar o museu.

Param diante de uma múmia e lá está escrito "4563 a.c."

– Que será este número nesta placa? – pergunta um.

Responde o outro:

– Não sei. Deve ser o número da placa do carro que atropelou o coitado.

CAIU A FICHA

Esses mesmos dois amigos palmeirenses se encontram à saída do jogo, após mais uma derrota de time deles.

— E aí, meu amigo, como é que vão as hemorróidas?

— Melhoraram bastante.

— Boa notícia. Urologista novo?

— E maravilhoso. Faz um toque retal mais emocionante do que gol do Verdão.

— É mesmo? E qual é método dele?

— Fico de quatro, o doutor põe a mão direita no meu ombro direito e a mão esquerda no meu ombro esquerdo. E com o dedo faz uma massagem na próstata que é uma maravilha.

O outro se assusta:

— Peraí, mermão! Se as duas mãos do médico ficam em teu ombro, ele faz a massagem com que dedo?

E o palmeirense das hemorróidas, perplexo:

— Ih, cara! Sabe que eu nem tinha pensado nisso?...

15 É MUITO

Palmeirense convida o amigo, colega de infortúnio futebolístico, para uma festa:

– Gostaria que tu fosses à festa de quinze anos da minha filha.

E o amigo responde:

– É claro que eu irei. Mas só posso ficar dois anos.

CARACTERÍSTICA

Palmeirense era caixa do Banespa. E dava um azar danado. Quase todos os dias o banco era assaltado. E, o que é pior, era sempre o mesmo ladrão.

Lá pelo quinto assalto, o delegado perguntou:
– Escuta, rapaz, você não notou nenhuma característica especial neste ladrão?
– Na verdade, até notei, doutor...
– E qual foi?
– A cada assalto, ele está mais bem vestido.

TORCIDA ORGANIZADA

Depois da sétima derrota consecutiva, torcedores do Palmeiras resolveram apelar para a violência, agredindo os jogadores do time.

Um jogador baixou hospital, depois da partida, todo machucado, cheio de hematomas.

– Que foi que houve? – perguntou o médico.

– Aqueles torcedores fanáticos, me atiraram tomates.

– Mas tomates não machucam uma pessoa tanto assim!

– Em latas?

CANSAÇO

Dois palmeirenses foram comemorar no Villagio Café, ali no Bixiga, uma rara vitória do seu time.

Com um palito, um deles tentava espetar uma azeitona. E fincava daqui e fincava dali, a azeitona pulando, e nada de conseguir espetar.

Depois de meia hora de tentativas, desistiu. Aí, o outro pegou o palito e, pimba, espetou a azeitona de primeira.

E o primeiro palmeirese:

– Grande vantagem. Eu já tinha cansado ela!

DANDO UM JEITINHO

As estruturas dos estádios paulistanos já estão comprometidas de tanto a suinada fazer xixi no cimento das arquibancadas, nos dias de jogos do Palmeiras.

É uma vergonha, mas eles têm o péssimo hábito de mijar fora do penico.

Para controlar o perigo iminente de desabamento, as administrações dos estádios não só reforçaram as estruturas como também baixaram uma portaria, proibindo a torcida de fazer xixi no cimento das arquibancadas.

Quem fosse flagrado teria uma multa, de sessenta reais, que tinha que ser paga no ato, sem direito a recorrer.

Logo no primeiro jogo, o guarda pegou um palmeirense se aliviando na arquibancada. Sacou o bloco e lavrou a multa, que entregou ao infrator mijão, dizendo:

– São sessenta reais, senhor.

– Tá certo, lei é lei. Eu mijei, vou pagar! – diz o mijão, estendendo uma nota de cem, enquanto abotoava a braguilha.

— Mas eu não tenho troco... — diz o guarda, olhando em volta e percebendo que o jogo já tinha terminado faz tempo e estava tudo fechado.

Nem uma viva alma naquele momento.

O palmeirense ajeita o boné, coça a cabeça e fala:

— Se me der um desconto e deixar duas mijadas por cem, vou ali e dou outra, do outro lado da arquibancada.

PERGUNTAR NÃO OFENDE

— Sabia que agora os laboratórios científicos experimentam com palmeirense, em vez de ratos?
— Por quê?
— Porque palmeirense é mais fácil de se encontrar. E os técnicos de laboratório não ficam com pena desses animais.

PEQUENO PALMEIRENSE EM CRISE

Torcedorzinho do Verdão completa 9 anos e o pai lhe pergunta:

— Filho, você sabe como nascem os bebês?

O pequenino neurótico começa a gritar:

— Não quero! Não me digam! Chega de decepção!

O pai não entende aquela reação típica de palmeirense em crise. E pergunta:

— O que aconteceu, meu filho? Por que esse desabafo?

O molequinho começa a explicar:

— Aos cinco anos descobri que não existe coelho da Pásco. Aos sete descobri que não existem Papai Noel, fadas madrinhas, sereias, saci-pererê. Aos oito descobri que, ao contrário do que sempre pensei, o time do Palmeiras é uma boa porcaria! Agora, só me falta mesmo descobrir que os adultos não trepam!

DIFERENÇA

— Sabe qual é a diferença entre a modelo gostosa e a mulher de um palmeirense?
— A modelo gostosa dorme com o bundão pra cima e a mulher de um palmeirense o com o bundão ao lado.

PERGUNTAR NÃO OFENDE

– Sabe qual é o menor circo do mundo?
– A camisa do Palmeiras, porque só cabe um palhaço dentro!

BOLA DIVIDIDA

ERA UM PREGO

Um corintiano contando para o outro:

— No último Natal minha madrinha, que é muito rica e gosta muito de mim, me presenteou com um pacote de ingressos para todos os jogos do Palmeiras. Pode? A pobre velha já está gagá, não lembra que eu sempre fui gavião da fiel até a morte.

— E o que você fez?

— Pra não ofender a pobre coitada, dissimulei, agradeci muito e, como não falo com porco, preguei os ingressos em vários postes de luz aqui do bairro. Por onde passa mais gente, para que eles levem embora.

— E levaram?

— Você não vai acreditar no que aconteceu! Os ingressos não levaram... levaram os pregos.

TIPO INTELECTUAL

Um palmeirense intelectual (também existe, gente, claro que existe) pergunta a um senhor, em um bar, nas imediações do Parque Antártica:
— Perdão, posso estar lhe incomodando, mas o senhor é torcedor do Verdão, não é verdade?
— Sim, como você sabe? – responde o outro, muito impressionado.
— Não sei... Me dei conta pelo seu porte garboso, sua segurança, seu olhar valente, sua voz firme, sua camiseta verde com este garboso P desenhado no peito...

LÓGICA PALMEIRENSE

— Tá doente? – pergunta o palmeirense ao amigo corintiano.
— Não. Por quê? – pergunta o outro.
— Porque vi você saindo da farmácia.
E o corintiano, só de sacanagem:
— Ah, é? E se eu estivesse saindo do cemitério, estaria morto?

MUITO MAIS

– O que o Palmeiras tem a mais que o Corinthians?
– Tem mais é que se ferrar!

AS ASINHAS DE CADA UM

Um garoto corintiano pergunta para a mãe:
– O que acontece quando morre um corintiano?
– Deus coloca duas asinhas nele e o transforma em um dos seus anjos do céu.
– E o que acontece quando morre um palmeirense, mãe?
– Ah, meu filho! Deus coloca duas asinhas nele e o converte numa mosca, que fica dando voltinhas e perturbando por aí.

CLASSIFICADOS

— Como faz um treinador para ser contratado pelo Palmeiras?

— Publica um anúncio nos jornais com o seguinte título:

ADESTRO PORCOS!

PERGUNTAR NÃO OFENDE

— Se um palmeirense e um corintiano se jogam de um edifício, quem chega primeiro?

— O corintiano, porque o porco vem limpando os vidros na queda.

DURO DE PENSAR

Um homem queria trocar o cérebro. Foi a uma clínica de transplantes de cérebro e lhe entregaram um catálogo com os preços:
- Cérebro de mecânico:
R$ 10.000,00, o quilo
- Cérebro de matemático:
R$ 20.000,00, o quilo
- Cérebro de físico nuclear:
R$ 40.000,00, o quilo
- Cérebro de palmeirense:
R$ 80.000,00 o quilo

Depois de ler a tabela, o sujeito pergunta surpreso para a secretária:

– Senhorita, por que o cérebro de um torcedor do Palmeiras custa tanto?

E ela responde:

– O senhor tem idéia de quantos deles são precisos matar para se juntar um quilo de cérebro?

DEPRESSÃO

O Verdão contratou recentemente uma professora de psicologia para fazer uma palestra sobre saúde mental, pois a rapaziada, como sempre, andava nervosa e sendo expulsa com freqüência de campo. Cartão vermelho era rotina.

Falando especificamente sobre maníacos-depressivos, pois depressão é uma doença típica de palmeirense, ela perguntou:

— Qual seria o diagnóstico de uma pessoa que caminha para trás e para a frente, gritando a plenos pulmões por um minuto e, depois, senta numa cadeira chorando incontrolavelmente?

Um dos jogadores levantou a mão e respondeu:

— Seria o nosso técnico, professora?

BOLA DIVIDIDA

PEDIDO À SANTA

O presidente do Palmeiras foi orar na Igreja de Nossa Senhora.

— Ajudai-me, Nossa Senhora! Fazei com que o Palmeiras se livre da falência, que eu consiga pagar aquela dívida gigantesca com os bancos! Cuidai para que o estádio do Parque Antártica não seja penhorado, nossos bens confiscados, nossa parcas contas bancárias bloqueadas...

Nisso, um pé-rapado, de aspecto bem miserável, ajoelha-se ao lado e começa a rezar em voz alta:

— Ó, minha Minha Nossa Senhora, protetora dos endividados, me ajude a ganhar no bicho pelo menos uns cem reais pra eu comprar comida pra minha família! Misericórdia! Apenas cem reais, minha santinha!

O presidente palmeirense pega uma nota de cem da carteira e entrega para o pobre coitado:

— Pega os seus cem reais e se manda daqui! Deixa a santa se concentrar nos negócios do meu time!

O QUE É, O QUE É?

– Um babaca sozinho?
– Apenas um babaca.
– Dois babacas?
– Uma despedida de solteiro.
– Três babacas?
– Uma festa de formatura.
– Quatro babacas?
– Quarteto a caminho do jogo do Palmeiras.

O GURI VAI LONGE

O papai palmeirense, todo orgulhoso, leva o filho para treinar no Parque Antártica e diz ao treinador das categorias de base:

— Quero integrar o meu filho nas equipes juvenis.

— De acordo – diz o treinador. – Porém, o que sabe fazer o garoto?

O pai responde, cheio de si:

— Nada. Só fica parado no meio do campo, deixa que os outros lhe roubem a bola, não corre, não sabe onde ficam as traves e se o time adversário marca um gol, ele amarela.

— Perfeito – diz o treinador. Não temos que ensinar mais nada!

BEM MAGRINHO

No início da temporada, o zagueirão do Palmeiras, recém-contratado, foi fazer os exames de praxe no Departamento Médico.

O médico examinou e perguntou:

– Com quantos quilos você está?

– 65 kg, mas já estive bem mais magro – respondeu a grande promessa.

– Quantos quilos foi o mínimo a que você já chegou, então?

– O mínimo mesmo foi 3 kg, quando eu nasci.

VERDADES DE UM CORINTIANO

Para um corintiano, não existe nada mais sujo do que um porco.

Para cada descuido de nossa defesa, eles levarão dez gols do nosso ataque.

As vitórias do Corinthians são façanhas históricas. As vitórias palmeirenses são desequilíbrio da natureza.

Nós, corintianos, levamos nossas cores no sangue. Os palmeirenses levam suas cores no intestino.

O Corinthians comemorara, no Parque São Jorge, com todas as suas taças de ouro e de prata. A turma do Parque Antártica bebe numa só taça, porque o resto são tacinhas de vice.

DEIXA, DEIXA

Depois do casamento, aquele casalzinho de palmeirenses viajou em lua-de-mel, acompanhado pela mãe da moça.

Dormindo no quarto ao lado, a velha ficou atenta ao diálogo dos recém-casados, que começou assim:

A menina dizia: "Não, não, não!" E o palmeirense: "Deixa, deixa, deixa!". "Não, não, não!" "Deixa, deixa, deixa!", até que a mãe perdeu a paciência e gritou:

— Deixa, minha filha! Deixa logo!

Do quarto ao lado, a mulher do porco se justificou:

— De jeito nenhum, mamãe! Custou tanto para entrar, e agora esse bobalhão quer tirar?!

MEIO DE TRANSPORTE

Jogador do Palmeiras levou uma pancada forte na cabeça, durante uma partida, e foi levado para um hospital.

Inexperiente, o médico-residente começou o exame perguntando:

— O que o trouxe para o hospital?

O craque do Verdão, já lúcido, respondeu rapidamente:

— Uma ambulância!

INSÔNIA

Certa vez, o médico do Palmeiras foi chamado às pressas na concentração do time. Era um goleiro reserva e dorminhoco, reclamando de insônia:

— Então, você não consegue dormir bem durante a noite? — pergunta o médico.

— Não, doutor! À noite e pela manhã eu até que durmo bem. É à tarde que a insônia ataca.

CLEPTOMANIA

Houve uma temporada no Parque Antártica em que começaram a desaparecer coisas no vestiário: dinheiro, relógio, celular e até roupa de griffe.

Contrataram um detetive e o larápio foi descoberto. Era um craque famoso e a diretoria palmeirense abafou o caso.

O cleptomaníaco foi encaminhado para tratamento médico.

Após longo período, foi liberado pelo especialista.

— O senhor me curou da cleptomania. Não sei como agradecer, doutor!

E o médico, de camisa verde e escudo com o P no peito:

— Não tem do que agradecer. Em todo caso, se você tiver uma recaída, me traz um Rolex de ouro!

NA MEDIDA

De contrato novo, o artilheiro palmeirense, que todo mundo conhece, não saía da noite. Começou a não render em campo e, muito menos, com a mulher. Preocupada, ela procurou às escondidas o médico do clube.

— Doutor, o meu gato não comparece.

— Isso a gente sabe, minha senhora. Ele também não comparece à concentração.

— Também? Mas comigo o senhor sabe do que se trata...

Depois de um estudo completo, o médico descobriu que o galã cantava de galo, mas tinha sérios problemas de ereção. Chamou a mulher e indicou um tratamento com meio comprimido de Viagra por dia. Ela perguntou:

— Por que somente meio, doutor? O normal não é tomar um comprimido completo?

O médico respondeu:
— O problema, minha senhora, é que o seu marido tem o pênis tão pequeno, que se tomar um comprimido completo pode ter uma overdose.

O DESEJO DO DIRIGENTE

Certa vez, um diretor do Palmeiras estava correndo com dois jogadores nas imediações do estádio, quando avistou uma estranha garrafa. Desconfiado, e pensando que fosse uma garrafa de cachaça consumida na concentração, ele parou para conferir o conteúdo.

Ao lado de seus dois comandados, um atacante e um beque, o dirigente retirou a tampinha e de dentro da garrafa surgiu um gênio, que disse:

— Normalmente eu concedo três desejos. Mas hoje, como estou de saco cheio, vou conceder um desejo a cada um de vocês. E sejam breves. O que você deseja? – completou o gênio, apontando para o atacante.

— Eu quero estar em uma festa com os meus amigos em uma ilha deserta, com onze louras espetaculares, milhares e milhares de dólares no bolso e um batalhão de criados para nos servir do bom e do melhor para o resto da vida.

O gênio estalou os dedos e o atacante palmeirense foi atendido em um segundo.

— E agora, o que deseja o beque?

O becão não deixou por menos:

— Eu quero um iate de luxo numa praia da Europa, uma cama redonda com uma loura, uma mulata, uma ruiva, uma moreninha, e muito dinheiro e champanhe, enquanto escuto uma grande orquestra tocando ao vivo no salão de festas do iate.

O gênio estalou os dedos e o becão foi atendido em um segundo.

— Agora é sua vez! – disse o gênio, para o cartola do Palmeiras. – Ordene que eu obedeço!

E o diretor, na bucha:

— Quero trazer esses dois palhaços de volta para a concentração, imediatamente!

PENSANDO BEM...

Outra de gênio e de Palmeiras. Um palmeirense achou a lâmpada do gênio, que falou:

– Eu vou realizar três desejos seus! É só pedir!

– Eu queria que você fizesse com que minha mãe vivesse de novo.

– Ressuscitar pessoas eu não posso realizar, porque é muito difícil!

– Ah! Então eu quero que você faça o Palmeiras ser outra vez campeão brasileiro.

E o gênio, coçando a cabeça:

– Pensando melhor, qual é mesmo o nome da sua mãe?

TAL PAI, TAL FILHO

— Fez o dever de matemática? — pergunta a professora ao pequeno palmeirense.
— Fiz não, fessora — responde ele.
— E por que não?
— Matemática tem muito problema.
— E daí? O que tem isso?
— Daí que o meu pai disse que, lá em casa, quem resolve os problemas é ele!

DUAS EM UMA

— Quando três palmeirenses pulam de um prédio, o que voce pensa?
— Podia ser pior, podiam... ter sido só dois!
Ou:
— Tomara que tenham mais três lá embaixo...

GOL DE HONRA

Sabem qual é a diferença entre um palmeirense e um pão? É que o pão tem miolo.

LUIS PIMENTEL
é jornalista e escritor, com duas dezenas de livros publicados entre contos, poesia, infanto-juvenil e textos de humor. Trabalhou em diversas publicações do gênero, como *O Pasquim*, *MAD*, *Ovelha Negra*, revista *Bundas* e *Opasquim21*. Lançou em 2004 o livro de referência *Entre sem bater – o humor na imprensa brasileira* (Ediouro). É autor, juntamente com Dante Mendonça, dos livros *Piadas de sacanear flamenguista* (para alegria de vascaíno) e *Piadas de sacanear vascaíno* (para alegria de flamenguista), co-edições Myrrha-Fivestar.

AMORIM
É chargista de dezenas de jornais e revistas pelo país e já contraiu diversos prêmios nacionais e internacionais com seu trabalho. Mas nada que não tenha sido resolvido com um chazinho. É músico (toca campainha), ator (às vezes finge-se de morto) e empresário do agribusiness (publica toneladas de abobrinhas por safra) e, nas horas vagas, pratica exumação de cadáveres só para tirar o corpo fora e não se comprometer com tudo isso que aí está!!!

Características deste livro:
Formato: 12 x 17 cm
Mancha: 9 x 14 cm
Tipologia: Humanst
Papel: Ofsete 90g/m² (miolo)
Cartão Supremo 250g/m² (capa)
Impressão: Sermograf
1ª edição: 2008